제주 들개와 물질하는 꽃

제주 들개와 물질하는 꽃

—

초판 1쇄 2021년 11월 30일
지은이 고우란
펴낸이 김영재
펴낸곳 책만드는집

—

주소 서울 마포구 양화로3길 99, 4층 (04022)
전화 3142-1585·6
팩스 336-8908
전자우편 chaekjip@naver.com
출판등록 1994년 1월 13일 제10-927호
* 이 책은 제주특별자치도와 제주문화예술재단의 2021년도 제주문화예술지원사업
  후원을 받아 발간되었습니다.

Jeju JFAC 제주문화예술재단
Jeju Foundation for Arts & Culture

—

ISBN 978-89-7944-781-1 (04810)
ISBN 978-89-7944-354-7 (세트)

책 만 드 는 집　시인선 185

제주 돌개비
물질하는 꽃

고
우
란

시
집

책만드는집

※ 이번 시집에서 첫 시집 『호랑이 발톱에 관한 제언』에 실렸던 「어떤 화법」 「방춘이를 옆에 끼고 자청비야」 「은빛 까마귀」 「기록 – 立春의 섬」 「무애가無礙歌를 위하여」 「먹돌의 노래」 「돌의 나라」 「쑥」 「범종」 「산머루」 「~결」 「광령마을의 봄」 「기록 – 단풍잎이 지고 있다」 「까마귀쪽」 「애월」 「못가에 달빛이 흐르는 이유」 「민들레 산조」 「새빨간 사과벌레와 재래식 모토로라」 「네 손끝에는 달과 꽃」 「아브」 「왕새우」 「화근 – 봄의 입술」 「朝天, 아침은 유리 구두를 신고 다닌다」 「명도암」 「여인」 등 스물다섯 편의 시를 재수록하였다.

'제주 들개와 물질하는 꽃'에 대하여

 세상이 날카로운 무쇠 이빨을 드러내며 달려드는 '들개'라면, 사람의 삶이란 그 세상에서 끊임없이 생명을 건져 올리는, '물질하는 꽃'이다. 세상이 던지는 갖가지 뜨거움과 차가움은 그 세상에 속한 사람에게도 있다. 나를 담금질하는 세상의 차가움인 들개와 끊임없이 꽃을 피우려는 삶의 열망은 모두 다 세상이라는 바다에서 이루어진다. 결국 들개에게 쫓기는 삶이란 물의 옷을 입고 물질해서 생명의 꽃을 피우려는 삶의 근원에 다가가는 것이었다. 나는 제주의 무가로 전해지는 이공본풀이에서 진정한 삶의 모습을 배우는 중이다.

2021년 늦가을에
고우란

| 차례 |

2부

3부

4부

5부

1부

춘舌

네 혀가 한 마리 납작 벌레로 기어 거북 등껍질에 다닥다
닥 붙어사는 꽃말미잘이라면 곶자왈의 혀 돌고, 잎 돌고,
숨 돌아가는 자리에 일어서 초록초록 나를 외우는 네 소리
를 내 혀가 잘라 먹고 말꼬리, 히드라, 구두코, 쨍그랑 소리
내다 햇살까지, 햇살까지 잘라 먹고 겨우내 치를 떨다가 내
혀까지 잘라 먹고, 그 독에 내가 다 녹아 사라지는 사랑아

머리를 먼저 허공에 내어주고 꼬리로 숨을 쉬는 초록뱀
한 마리가 내 속으로 스윽 스며들 때 화들짝 놀라며, 물러
나며, 다가가며 손톱으로 확, 허물을 벗기고 싶었지 내가
왜 사랑을? 돌멩이로, 하이힐로 콱, 찍어버리고 싶었지, 꼬
리가 보이지 않아, 달아나, 달아나 버려, 달아나게 해줘, 오
래전 나였던 뱀아, 나의 슬픈 뒤꿈치

사라진 꼬리뼈에는 푸른 독이, 그리움이,

저, 야생

1

한여름 바람난 아가씨 굽 높은 구두가 또각또각 지나간다

가슴에 깊이 숨겨둔 사내의 집 담장 앞을 수없이 발돋움

하다 하, 그만 다리들이 서로 얽혀버렸는걸

꽃순아, 저도 모르게 까짓 신발 벗어 던지고 담장 위에서

맨발바닥 춤을 추는 저, 벌거벗은 다리들 좀 보아라

2

바람기를 잠재울 수 있는 건 오로지 그녀의 눈물뿐이죠

하루 이틀 사흘 석 달 열흘 꽃 피는 그녀는 눈이 먼 문자를

사내의 머리맡에 날려 보낸다

─무뚝뚝한 돌담에 둘러싸인 당신의 집에는 능소화 능소

화 피어나는데 매독꽃 같은 당신에 걸린 나는

스스로 제 혀를 물어 주홍글씨 쓰는 여자

3

매끈한 다리가 돌가슴을 암팡지게 기어오른다 들고양이

발톱처럼 쩍쩍 바람난 햇살이 끈덕지게 따라붙는다 기어코
담장을 넘으려는 순간,
  발정 난 고양이 울음소리가 삽시간에 둘려 퍼진다

  날마다
  사랑을 찾아 날아다니는
  흥,
  순 잡것!

검은 그릇* 레코딩

1

그리운 언덕에선 그가 나를 만들고 있었지

찰진 흙을 가득 떠서 이기고 밟고 으깨면서, 방망이로 두들겨 패서 나긋나긋하게, 가슴을 팍팍 주물러 세상을 먹일, 눈부신 기적의 젖줄 하나를, 그래그래, 아프게 눈물을 적셔, 핥고 빨고 주물러, 힘찬 발길질로 주둥이는 작게 오므리고, 딱 필요한 요만큼만, 그렇지, 혀끝 같은 보로롱**으로 엉덩이는 둥그렇게 세상 모든 죽음을 낳을 자궁도 빚어야지, 연꽃잎 같은, 아니 연꽃잎도 새겨야지, 자지러지는 소리도, 댓잎 스치는 바람 소리 같은, 으스스한 소리도 넣어야지, 오로지 순종만 아는, 새카맣게 타버린 검은 그릇 같은,

여자, 취한 그의 손끝에서 살아나고, 깨어지는,

세상은 잘도 돌았지

이글이글 타오르는 햇빛 쪽으로 걸어가 봐,

16

가랑이가 찢기는 아픔 같은 거, 잊어버려, 너의 죽음이
너를 살릴 때까지
걸어가 봐, 너의 길은 그쪽이야

쭈그린 엘피 음반에 내 얼굴을 묻는다

2
뒤틀린 지새황*** 속에 망둥이가 뛰어논다

* 토기를 구울 때 가마 안에서 연기를 먹여 시꺼멓게 그을리면서 구운 그릇
을 일컫는다. 원시 재래식 전통 토기.
** 검은 그릇에 무늬를 넣을 때 사용하는 대나무 막대. 보로롱 소리가 난다
고 해서 보로롱이라고 부른다.
*** 검은 그릇 항아리 큰 것.

어떤 화법

산 노을을 그리라 했지
나는 심장을 그렸다
그는 과녁을 맞히라 했다
나는 팽팽한 화살촉이라 했고 그림을 태워버렸다
자꾸만 새는, 새는, 이라 그가 말하자
나는 에이, 몰라 오페라 선율이라 하자고 했다
얼굴에 이는 활화산이 엄청났다

바람에 이는 갈대밭
그 위를 솟구치는 하늬바람
"길은 늘 산 쪽이 아니면 수평선 쪽으로만 휘어져 내리뻗
어 다시 휘어져"
"그건 아냐 수직이야 우리 삶은"
나는 그림들을 거꾸로 보기 시작했다
"뒤를 보여줘 웃는 머리통 뒤쪽"

나는 피카소의 산고에 시달리는 해바라기를 서쪽 창에
걸어놓는다

초록뱀을 삼켜라

초록뱀 한 마리가 팽팽한 수평선을 물고 꾸불꾸불 뭍에 닿아서는 녀산의 붉은 능선에 하나둘씩 꾸불꾸불꾸불 초록 물을 풀어놓더니 새초롬한 산목련 봉오리 함뿍 베어 물어 하늘청 고인 물그늘에 하나꾸불 두울꾸불 셋 넷 다섯 여섯 또 꾸불꾸불꾸불꾸불꾸불꾸불 흰 파도를 그려 넣다

그래도 하 심심하여 초가을 미인의 눈썹달까지 꾸부울 새겨놓고 꼬리 치다 휘엥 사라진 월곡月谷에

여중도 꼽꾸부우울 지켜 서서 팽그르르 번지는 마음의 못물 하나 훔친다

달리는 불길 속에서

사나운 바람을 헤쳐 온 꽃 한 마리가 바닥에 납작 엎드려
있다 (꽃들은 모두 짐승의 피를 숨기고 있지) 달리는 불길
속에서 나도 꽃이 되고 싶어서 꽃에 물렸다
　낮은 곳에서 바람이 일고

내 몸 안에 잔뜩 웅크려 있던 벌레 떼가 모공 속에서 꼼
지락꼼지락 기어 나와 내 살을 파먹으며 타닥타닥 화인을
찍어낸다

위액처럼 끈적거리는 안개
(안개는 부드러운 음악이 아니지)
저, 수많은 음표들

오해였던가, 꽃은?

거친 악보처럼 비 내리는 밤에 낮게 엎드려 울다 지친 너
의 뿌리를 베고 한뎃잠을 자는 동안 내 몸에는 꽃그늘이 어

른거리고 숨어 있던 가시들이 일제히 튀어나와 손톱 끝에
돋아나는 것을 나는 어쩔 수가 없다

가혹하게

황무지 한가운데서 돌가시나무 꽃으로

푸른 독소

내 그리움의 뼈다귀에는 푸른 독소가 묻어 있네
바람이 불 때마다 흩어졌던 뼈다귀들이 노래하지

길은 왼쪽으로 휘어져 있소
비가 와서 벙커에 물이 찼다오 워터 해저드
위험, 돌아서 가시오 새싹에 빨갛게 솜털이 일고 개가시
나무와 가시딸기 군락지가 부드러운 봄바람에도 몸서리를,
내 그리움의 뼈다귀에는 푸른 독소가

그린 그린 그래스 골프 홈을 위한 작업이 진행 중이오

일단정지

좌측은 낯선 언어의 도시로, 웨이트 쉬프트
우측은 살갗이 지나치게 하얗거나 부리가 지나치게 뾰족
하고
시커먼 물체들의, 와인드업

내 뼈다귀에는 푸른 그리움의 독소가, 아, 참
그 곁엔 불구자 요양원도 있다오
트러블 샷

내 그리움의 독소는 푸른 뼈다귀에

코스, 붉은 핀들 사이로

밤마다 산수국이 시퍼렇게 눈을 떠요
결국 내가 피할 수 없는 길은

극락사 방향으로 뻗어 있소 캐리 오버
네게로,

꽃이라 불러 일어서는 바람에
너도바람꽃, 노루귀, 벌개미취, 뚜껑별꽃, 할미꽃까지 영

문도 모르면서 까르륵까르륵 웃는다오
　엎드려 보는 사이에

　어리둥글먼지벌레며 벌꼬리박각시가, 이런, 러프 러프

　노래하라구,
　노래하란 말이야 초록뱀, 그 꼬리로

　춤, 춤, 춤을 추라고?
　그리움의 푸른 독을 뼈에 묻고서?

종이 냄새
─ 초록뱀을 삼켜라 4

　나무에서 초록 유전자를 추출하여 내 몸 안에 심고 싶었
으나 나무는 그럴 때마다 내 몸에서 종이 냄새가 지워진 때
묻은 발자국만 빨아대어 빛의 입자들을 죄다 땅바닥에 떨
어뜨리고 어느새 어스름이 끌고 간 그늘 속에 그림자들은
몸 뒤척거리다 살비듬이 떨어진 자리마다 군데군데 새살을
만든다지만 손이 없어 옹색해진 나는 끝내 내 몸을 만질 수
없어서

　짐승의 아가리 속에 들어가 그 붉은 혓바닥 위에 올라 푸
른 바다 울음을 끌고 들어가 물컹한 목젖을 젖혀놓고 훌쩍
속살 깊숙이 감추고 싶었으나 그럴 때마다 나를 집어삼키
는 어둠에 놀라 긴긴밤이 서러워 붉게 물든 낱말을 앞에 놓
고 무릎까지 꺾고 말아 나는 발이 묶여 똑같이 불구인 당신
을 떠나지 못해 마냥 꽃 앞에서

高山으로 가는 길을 묻다

무심코 지나온 골목길. 전선에 낡은 여자아이 모자 하나 매달려 바람에 떨고 있었다. 어느덧, 나도 그렇게 떨고 있을 거라는 생각이 들었다. 큰길로 나서는 동안 내 신발은 이미 작아졌고, 내 몸도 이제 지쳐 고산으로 가야 하는데,

너무 먼 곳이라, 나는 한껏 등을 구부리고 자벌레처럼 내 몸의 길을 내고자 했다.

누군가 내게 다가와 신발값이 너무 비싸다고 했다, 몸을 신는 경우는 없는 것이라고.

맨발로 걷는 기억은 늘 새로워요. 낯이 익어도, 라고 말해놓고도 모자라 몸을 길게 뻗어 납작 엎드린 채로 고산으로 향하는 마음만 태우고 있었다.

왜 고산으로 가야 하는지는 몰라도 고산으로 가지 않으면 견딜 수 없을 것 같았다. 고산 쪽으로 가는 버스는 있었

지만, 고산으로 가는 버스는 없었다. 택시는 오지 않고, 나는 눈 내리는 길에 홀로 있었다. 발 동동 구르다 저 혼자 굴러다니다가 낡아버린 여자아이의 모자처럼 길을 잃고, 허공중에 매달려, 내 마음에서 흘러나왔을 헛바람 소리에 치를 떨다가,

기어이 나, 맨발로 돌아갈 거라 다짐을 했지만, 지나는 사람에게, 눈이 오지 않는 고산까지 나를 데려다주실 수 없는 거냐고, 겨울비에 젖어 뿌리까지 얼어버린 나무처럼 자꾸 묻고 있었는데,

高山은 아직 내게 너무 먼 곳이었다. 지상이 다 얼어도 춥지 않을 고산은,

깨진 항아리를 위한 변명

어느 추운 겨울날 바락 엎어놓아 입을 꾹 다문 채 완강하게 버티고 선 텅 빈 항아리를 와장창 깨부숴 버린 적이 있습니다.

항아리가 깨지면서 지난날 남몰래 머리통을 집어넣고 차마 하지 못해 꾹꾹 눌러 담가두었던 소리가 비죽이 흘러나왔습니다. 시간의 벽을 허물고 모습을 드러낸 옛말들은 칠이 벗겨진 낡은 상형문자처럼 피라미드 속 마법의 시간을 건너온 것이었을까요? 삐그덕삐그덕 뼈만 남아 다가오는 시체 같아 두려워 뒷걸음치는 내 발바닥에 찰싹 달라붙는 것이었습니다. 햇빛을 쬔 녀석들은 당당하게 한 걸음씩 걸을 때마다 몸을 부풀리고, 들썩거리며, 거리마다 온통 들쑤셔 놓았습니다. 개불알꽃처럼 바람을 타고 아무 데나 내려앉아 신화처럼 마구마구 꽃을 피워댔습니다. 반란의 몸뚱어리에 씨앗들이 꿈꾸듯 한번 슬쩍 스쳐만 가도 소리는 싹을 틔워 가지를 치올리며 꽃을 피워 물고는 왁자지껄 소문이 되고 말았습니다. 저, 저런, 내밀한 공간의 무게를 받치던 몸의 기억이 벅찼나 봐요.

어허 참, 큰일 났습니다. 바람난 말들이 항아리를 깨고
달아나 버렸습니다.

명자꽃 탓

　당신이 손톱이 예쁜 딸아이 하나 낳자고 자꾸만 꼬드기
는 바람에,

　손톱이 빨간 그 애가 그예 초록색 뚜껑을 열고 동화책을
펼쳐 읽다 눈을 들어 하늘색 공책에다 또, 무어라
　띄엄띄엄 삐뚤빼뚤 글씨를 쓰다
　그것도 싱거워졌는지
　내팽개치고 달려와
　내 치맛자락까지 붙잡고 흐응, 으응 하는 바람에,

　고것이
　기어코 날 흔들어대는 바람에,

　후우

　대낮에 밑그림 그리다
　빨간색 물감을 와락 엎질러 놓은 마당이 온통

　명자야, 명자

밤하늘

1
어제는 쌀뜨물로 얼굴을 씻은 달이 둥그렇게 떠 있더니
산모는 살짝 여윈 눈빛이다.

2
나는 그대 앞에서 떠날 줄 몰라,
헤어지는 방법을 몰라,

어쩔 줄 몰라 자꾸만 주춤거린다,

사랑은 천직이라서.

3
달 밝은 밤이면 둥그레지고 싶은

내 안의

빛 알갱이들이,

곡우를 건너다

목련꽃이 질 때는 나비의 겨드랑이에서 수상한 냄새가
난다고 그가 말했지 또, 무어라 둘러대며 그냥 흘러가는 물
그늘에

농염

　나덜아, 저 꽃능구렁이 담 넘어가는 것 좀 봐라

　지금은 단내 나는 칠월 초입의 담장 위로 능소화 넘어가
면서 헤살거리는데 그 너머 꽃구경하듯 어여쁜 가시내 후
려내기 딱 좋을 때, 숭어 뛰듯 똥복쟁이(돌복어) 뛰단(뛰다
가) 원담*에 배 걸련(걸려서) 죽나, 내밀 심(힘) 웃인(없는)
눔은 놈(남他)이 위로 내가 넘듯 으슬렁

　느 애비, 에미 몸에 새긴 그 몸 버릇 느 따라갈 때

* 둥그렇게 담을 쌓아 바닷물을 가두어 양식하는 곳.

물의 옷

1

여백의 똘똘 말린 쪼그만 종이 뭉치에 물을 먹이면 내 안의 깊은 바다에서 사에나나무* 한 그루 자라나고 미리내를 떠돌던 별의 기억이 그 새끼줄을 타고 내려와 콩알처럼 몸을 웅크린 채 아홉 번을 구르고 굴러 깜깜한 세상의 바깥 환한 눈물로 나를 던졌으니

아으아 나는 물 밑에서 올라와 몸으로 기어 다니는 뱀이었고 나는 어메를 찾아 소 울음 우는 네발 달린 아기 짐승 나는 비로소 일어나 두 발로 걷던 맨 처음 사람 원시의 모습 그대로 나무로 집을 짓고 흙으로 그릇을 빚어 아침을 짓던 여인 정오의 말을 탄 기사가 되어 목검을 휘두르며 자랐으니 보게나

수시로
나의 모습이
물과 함께 오고 가니

34

2

　장수물국수집에는 물만 주면 자라나는 바오밥나무 씨앗 같이 생긴 매직 타월이 있다네 수리수리 마술이 그 바오밥나무 꽃 한 송이 다 피워내면 열 개의 하늘을 짚는 열 개의 손가락을 닮는다는군

　내 어메 수륙드림도 그 꽃처럼 고왔으련만

* 원시의 바다에서 맨 처음 자라난 식물(페르시아 신화). 그 원형이 여성의 몸 태반으로 남아 있다고 본다.

나비야 훨훨

쇠 먹은 배불뚝이 등짝에 철판을 깐 쇠벌레 선수 꽁지에 번호표 달고 두 눈에 쌍심지 돋우며 달려가는 시뻘건 무쇠벌레 쫓아가다 세상사 풍비박산 내는 외팔이 긴 쇠벌레 만나 은근히 제치려는 찰나 낯짝까지 철판 깐 양코쟁이 선수 자꾸만 시비 걸어 앞서던 길 내주고 샛길로 빠져 큰길로 들어설 적에

돌이켜 주워 온 잠방이 하나 달랑 걸쳐 입고 한껏 등을 구부려 걷는 자벌레 신발짝 첫값이 너무 비싸 몸을 신는 자벌레 몸을 길게 뻗어 납작 엎드린 채 고산으로 향하는 자벌레가 한 땀 한 땀 외따로 길을 내는 골목길에 쇠종까지 들어먹은 쇠벌레 선수의 엿장수 가위질 소리가 찌글락 짜글락 쇠줄 칠 적에 응,

도시는 나비 애벌레 지하도에 얼른 숨기누나

2부

선인장

흰 뱀이 물어 온 초록 이파리 뚝 떨어져 버린 초록 이파
리 가지도 없고 뿌리도 없이 굴러온 초록 이파리 달의 이파
리 바람의 이파리 초록 이파리

거친 바람을 읽으려다 가시가 돋았을 거야
바람의 경전을 풀려다 독이 올랐을 거야

세상의 양식은 모래알뿐이라서 혀끝이 사막이라서 자기
안에 뿌리를 내리는 초록 이파리 입뿐인 몸이라서 눈 없는
몸으로 땅끝을 건너가는 흰 뱀이 물어 온 초록 이파리

방춘이*를 옆에 끼고 자청비**야

어둠을
갈아대던 은장도에 핏물 맺혀
방춘이 가슴께에
해맑게
고였다가 내 몸에 내린 이슬로 한 줄 시를 받는다

마냥, 이런 날에
내 다른 꽃밭에선 봉긋, 부푼 봉오리마다 붉은 물 차오르는
새벽빛
노을이 내려

돌아본다, 자청비

* 꽃봉오리 모양의 제주 무문토기 항아리. 옛날에는 씨앗을 넣어두었다.
** 제주의 서사무가에 나오는 농경의 여신. 서천꽃밭에서 멸망꽃과 환생꽃
을 가져와 하늘과 지상을 평정한다. 오곡의 씨앗을 지상에 나눠 후에 농경
신으로 좌정한 인물.

은빛 까마귀

1
성에 낀 보리밭을 지나 동쪽으로 내달렸다

은하수 한 허리를 나붓이 잡아끌고 밤새워 아흔아홉 골
짜기를 너끈히 적시더니

벽두의 아침 햇살에 부리를 닦네, 그 새는

2
화산섬 용암이 식은 검은여 앞바다에 눈썹달이 나려와서
해종일 은피리 가락으로 죽지를 씻기우고

아득히 먼 데 하늘 만년눈이 녹아서 달려와 문득, 우르르
뛰어내리는 폭포의 물줄기로 느긋이 멱을 감아

그 서녘 애월포구에 깃을 치는가, 피 우는

기록
-立春의 섬

1

모텔의 사각지대에 안개가 휩싸고 돌아 섬은 또, 첩첩이
겹쳐 이어도를 만든다.

그렇게 꽃이 좋아 몸속 어딘가에 은밀히 꽃을 가꾸는 당
신은 알 수 없는 글자들에 빽빽이 둘러싸여 술렁대는 「 」
에서 좌판을 꺼내놓고, 잔뜩 「ㄲ, ㅗ, ㅊ」 문신을 새기는 여
자와 마주 끌어안는다. 진눈깨비가 바다 저편에서 달려와
다닥다닥 꽃 발자국을 창문에 찍는다. 누구더라, 당신이 탄
배가 보이지 않아. 탈의 콧구멍을 후벼 판다. 그때마다 바
람이 불어온다. 갸우뚱, 「누, 구, 더, 라…」 배가 흔들린다.
타 - 앙 -, 「ㄴ,ㅜ,ㄱ,ㅜ,ㄷ,ㅓ,ㄹ,ㅏ…」 난파한다. 혹시, 탈을
뒤로 젖힌다. 팔꿈치 뒤쪽, 갇혀 있던 꽃들이 죄다 풀려 나
와 잇몸을 드러낸 채, 수인번호를 털어내듯 키득키득 웃는
다. 당신이 두 무릎 꺾인 관절 사이를 지나 오래도록 감춰
둔 꽃씨방 속 씨앗들을 와락 엎질러 네 개의, … 열여섯 개
의, 이백쉰여섯 개의… 수없이 많은 … 개의 다리로 후끈
달아올라 스멀스멀 기어가는 윈도우 「꽃밭」 위로 새빨간

42

입술이 「ㅅ, ㅓ, ㅁ, ㅅ, ㅓ, ㅁ…」처럼 낱낱이 해체되어, 제
각각 고립된 자음과 모음으로 둥둥 떠다닌다. 좌판의 징검
다리 길목에 질펀히 녹은 「ㄲ,ㄴ,ㅊ」 비린내 후욱, 끼친다.
어디더라, 당신이 보이지 않아. 탈을 앞으로 숙인다. 이마
밑으로 구멍 뚫린 사금파리 날 선 기억이 팅- 팅겨 나와
소스라치게 「「」」에 꽂힌다. 꺄악-, 아, 무, 래도 심상치
않아, 새카맣게 연루된 어둠에 맞서 각진 턱을 들어내고,
한사코 햇살 쪽을 더듬어 탈을 벗는 당신은 두 개의 다리. 「
」. 여자의 「 」 결박을 풀고 꽃노을 속으로 걸어 들어간다.
어쩌나, 탈을 휘딱 뒤집는다. 」ㄹ,ㅏ,ㅌ「 으헉, 움푹 파인 당
신의 콧잔등에 파도 자꾸 눈만 시리다. 봄날의 환각 속에서
돌아가는 「「삼각지」」.

2
윈도우 사각지대에 봄빛이 새어 들어 「「삼각지」」를 들
추다가 누군가 돌아가고 아내는 새로 난 창에 꽃 문신을 새
긴다.

3
처용이 아내의 창을 슬그머니 감춘다

무애가無礙歌*를 위하여

어느 날 무녀 하나가 당나무 아래에서 춤을 추다 몰강스
레 내뱉는 말,

본래 불佛, 본래 면목面目, 본래 무無, 본래 성불成佛

나무 뒤에 숨어서 지켜보던 천 년 묵은 여우 한 마리가
슬며시 앞을 나서

본래 공空, 본래 색色, 본래 유有, 본래 혜慧**

때마침 지나가던 원효대사 발을 통통 굴러 핑그르르 공
중을 회전하더니

어허라! 본래 혜慧라니 냉큼 혜譓*** 하라 하신다

* 신라의 고승인 원효대사가 지어 서민들에게 유포한 노래. 근심을 없애는
노래로 지금은 전해지지 않고 있다.
** 슬기, 능력, 교환, 간교의 뜻이 있다.
*** 슬기, 재지, 총명의 뜻이 있다. 마음에 품은 뜻을 언어로 표출하는 것은
모습을 만인에게 드러내는 것으로 나름대로 해석했다.

제주 들개와 물질하는 꽃

지금 내게 남은 시간이란 무쇠 이빨 번뜩이며 달려드는
들개에게 쫓기는 일

들개를 달래기란 나를 속이기보다 더 어려운 일이지 잠
시 나를 잊고 있을 때 딱 그만큼의 길이로 빠짝 추적해 온
다네 맞네, 꼭두에 애비를 찾아 지상의 집을 나서는 한락둥
이* 쫓던 천년장자**의 천리둥*** 만리둥****일세 허나 내겐
놈의 그, 시간을 잡아먹는 소금떡*****이 없다네 오로지 '나
는 모른다'일 뿐 누구도 비켜 갈 수 없다네 삶이란 들개와
나 사이의 거리만큼 유예된 시간에 피었다 시드는 순간의
꽃, 사실 이 기막힌 이야기의 결말은 아직 잘 모른다는 거
지 참말로,

서천 그, 불멸의 꽃도 들개에게 달렸다는군

* 제주 신화에 나오는 원강아미와 사라도령의 아들로 아비를 이어 서천꽃
밭의 꽃감관이 된다.
** 원강아미와 한락둥이에게 끝없는 노역을 시키는 사람. 천하 거부로 욕심
이 많다. 여기서 천년장자와 개는 지지地支의 戌/乾 서북 方의 시공간의 중
심축 神을 말함이다.
, * 천년장자의 두 마리 개의 이름. 하늘의 개는 지지의 戌(婁金狗, 선
천의 艮으로 지축을 말한다. 후천(동남)의 축이 된다).
***** 한락둥이는 자신의 뒤를 쫓는 두 개에게 소금떡을 던져주어 개들이
물을 마시러 간 틈을 타서 위기를 모면한다. 戌/乾 九星五行으로 보면 소
금을 말함이다. 옛 민간신앙에서 삿된 것을 쫓을 때 소금을 뿌린다.

묵여 墨如[*]

어느 이 아무 말 없이 난 한 촉을 보내오셨습니다

난은 이파리도 여린 것이라 거친 내 손끝이 살짝 스쳐만 가도 시린 비명이 막 쏟아질 것 같은데 수십 년째 법화경을 모시고 사경하듯 산다는 난 같은 어느 뜻을 감히 내칠 수 없어 내 마음의 꽃 하나 피워보마 한 것이 화근 禍根이었습니다

콩새의 눈알같이 작은 꽃씨를 마음의 꽃밭에다 심고 뿌리를 내릴 때까지 매 순간 살핀다는 선한 바람 잘 들게 잡초를 뽑고 햇살 같이 지켜본다는 그제서야 가녀린 잎사귀를 기다랗게 내리고 꽃대를 아슬아슬 세우고 콩새 한 마리 불러와 조요조요 듣는다는 조바심치는 나날이었습니다

난에다 처음 눈 맞추일 때는 연분처럼 가슴 설레더니 하루 이틀 사흘이 지나면서 내 기다림에는 뾰드락지가 여기저기 돋아나고 벌레가 스멀스멀 함부로 기어 다니고 상사

충에 물려 내 몸까지 온통 열꽃으로 뒤덮이다 덜컥 앓아누
워 버렸습니다

　해서 내 난에 대한 이야기가 시름시름 시들어가고 난을
밖에 내놨다 안에 들였다 들었다 놨다 들다 놓다 하던 중에
난이 안 보여 내겐 눈이 없어 창가에 스며든 바람결에 이파
리 떨리는 소리도 아니 들려오고 내겐 귀가 없다 차마 내겐
그 은근히 다가오는 몸살 나게 다가오는 난의 향기를 맡을
코, 그것까지 잃어버렸다네

　그렇게 꽃 그림자가 사람 애간장을 태우고 뼛속까지 다
녹이고도 모자라 느물거리다 떠나버렸다
　떠나버렸다 콩새 울음 하나 남겨놓고
　나는 슬픈 몰락 속에서 외로이 묵란을 치고 있으니

　언뜻, 긴 묵여의 시간을 지나 누가 쭈뼛쭈뼛 다가오는 소
리가 들리는 것 같아 누가 기다랗게 잎사귀를 내리고 길쭉하

게 모가지를 세우고 아주 작은 꽃 입술로 노래하는 것 같아

　가만 귀 모으는데

　어디선가 휙, 바람 불어와 기가 막힌 꽃향내가 콧구멍을
뚫고 들어와 콕, 쏘는 것이

　아프다 난 한 촉 일어나신다 이 몸에 맺힌 꽃씨들이 죄다
눈을 뜬다 어느 분의 말씀이신지 내 몸 가득 촉촉이 뿌리
내린다 화근花根이었습니다

　어느 곳 아무 때 없이 하늘하늘 꽃 핀다는

* 문태준 시인 풍으로.

아라리에 봄

　문둥이 속눈썹에도 분홍 꽃물 들었나, 달빛이 미리내 같
은 한천을 따라 비추어 벌어놓았다는 오라리가 저 하늘이
둥그렇게 알을 슬어 펼쳐놓았다는 아라리를 가로지르는 길
에도 순진이 풋웃음이 들떠 오르고 내 마음의 좁은 빈터 독
재 경계 태세로 세워놓은 녹이 슨 가시철조망에도 봄을 팔
러 나온 저 순한 계집들을 기웃거리다 이슬비에 때맞춰 씨
알이 슬어 아리랑스리랑 할 일 없는 부랑아 기질의 내 하루
는 마누라 기가 막혀 짐짓 가슴 뛰는 일들일 뿐 글쎄 그러
다 기어이 내 당신에게 들꽃 바가지 콕콕 매발톱을 긁히네
　이참에 개미자리 너도바람꽃 처녀치마 홀아비꽃대 흘깃
쳐다보는데 각시현호색 나도바람꽃 노루귀 좋긋 설앵초 구
슬붕이 개불알꽃 할미꽃도 쿡쿡 개구리발톱 긁다가 이제는
숫제 복수초 애기괭이눈 흰색털쥐손이 토도톡톡 도둑놈의
갈고리로 살갈퀴 각시갈퀴나물 휙 시선을 잡아채는데 윤판
나물아재비 아네모네하며 머리 긁적이던 중의무릇까지 고
사리 높은음자리 표정으로 악을 쓰고 괴불도 머쓱하게 앉
아 바가지를 박박 긁네그려 해종일 제 눈에 씐 꽃그늘에 미

50

쳐 이 눈치 저 눈치 보다

　아리랑 아라리 아라 봄 춤추는 살풀이

먹돌의 노래

나 또한 창녀야, 내도* 바다에선
혀끝 무는 거품 속에 녹아들지 못한 말이
온종일 먹돌 소리로 자륵자륵 잦아든다

설문대할망 내려앉던 한라산의 너럭바위
왜적들 난리에도 장성 쌓고 버티더니
이제는 엉장메**처럼 다리가 되고 싶어 한다

기꺼이 몸을 던져 전설이 된 여자들은
한 동이 모자란 명주, 마저 구했을까
오래된 허기를 참아 저 바다를 건넜을까

마른 길을 구르던 날은 모두 잊는다 해도
온전히 젖지 못해 굳어진 기억 넘어
파도여, 서슬 푸르게 내 앞으로 다가오는가

이내 검은 몸도 닳고 닳아 구르겠다

밤새 신열 앓아 젖빛을 뿜어놓은
물살이 나를 껴안고 에미처럼 다독인다

* 제주시 내도동.
** 조천읍 바닷가에 소재. 육지까지 다리를 놓아주기로 한 설문대할망과의
약속이 명주 한 동이 모자라 결렬되었다는 신화의 내용처럼 다리가 되다
만 곳.

곡우를 건너다 2

　지금 절 마당에는 목련꽃들이 숱 많은 속눈썹을 파르르
떨다 나비처럼 내려앉습니다 탑을 도는 바람의 독경 소리
가 옛 인연을 쓸어 적이 낮은 곳으로 흐르고 있습니다

화장花裝

1

때 이른 아침부터 누가 또, 죽어가나 보다 그의 눈썹같이 생긴 까마귀가 산의 저쪽으로 날아간다 까마귀 날개 그리는 그 곡조가 장엄하다

나는 흰 와이셔츠에 검은 나비넥타이 연미복 차림으로 생기가 다 빠져버린 얼굴에 화장을 시작한다 내 무대 위에 처음이자 마지막으로 올라선 얼굴의 나직이 감은 두 눈자위가 붉다 눈은 지금 막 씨앗을 품은 꽃봉오리 닮았다 한 겹 꽃잎을 뚫고 나오는 꽃술처럼 속눈썹이 길다 저쪽의 무대 위에서 환하게 눈 뜰 것이다

차가운 몸을 안는 일은 슬프다 나의 두 팔이 유난히 길어진다 딱딱하게 굳은 표정을 매만지는 내 손가락이 몹시 희다 손가락은 다시 흰 건반과 검은 건반을 두드리듯 이쪽의 몸과 저쪽의 몸을 오간다 등뼈가 휘도록 하강 곡선을 그리는 이 몸이니 가볍게 반올림하여 나르고자 하는 저쪽 몸의

열망은 수직일 것이다 손가락이 닿을 때마다 저쪽 몸이 긴
장한다 다음 항해를 위해 어느 바람코지에 돛을 올린 채로
떨며 서 있는 함선 같다 아니 다음 곡의 연주를 위해 팽팽
히 줄을 매긴 채 잠시 세워둔 현악기 같다 저 몸은 출항의
나팔 소리를 기다리고 있을 것이다 드디어 이쪽 몸의 무게
에 눌린 소리가 저쪽 몸 가벼운 소리의 날개를 때려 울리며
오르페오가 시작된다 도저히 건널 수 없는 시간의 강물 위
로 징검다리가 놓이고 있다

나는 그 얼굴이 꽃봉오리 같은 눈을 살포시 감고 꽃잎 같
은 순한 입술로 아흔아홉 골짜기에 사는 초록 잎사귀에 진
달래꽃 눈이 붉은 새 소리까지 몽땅 끌어모아 서쪽 하늘에
노을이 충분히 깔릴 때까지 지상의 색계로 탄주하고 욕망
이 거세된 카스트라토는 오로지 신만이 알아들을 수 있는
천상의 음계로 탄식해야 한다 나는 또, 저 몸의 부활을 위
해 본풀이를 들려주어야겠다

북두의 일곱 별을 향해 마음 모으는 생生의 만찬에 까치
들도 떼로 몰려와 목을 추켜세우고

아으아, 까마귀 난다 레퀴엠이 끝났다

2
열두 끈 매듭을 풀며 서천꽃밭 꽃 피네

내 늦은 생에 꽃冠

그대와 나 사이에 어느덧 봄이 달아나 버렸다 틈을 메우려는데 꽃이 꺼져버렸다 낙장불퇴의 시간은 차디차다

내가 노랑 꽃을 그려 은행들이 줄줄이 문을 열고 내가 빨강 꽃을 그려 펀드 광고 카피들이 뱅글뱅글 춤을 추고 내가 파랑 꽃에 연두 이파리를 그려 부동산 서류 뭉치가 팔딱팔딱 뛰어오르던 꽃아 꽃아 님 부르는 꽃아 고개를 쳐들라
   ─ 가던 그대 멈칫 돌아본다
   꽃아 꽃아 예쁜 아기 꽃아 거품 물고 따라오너라
   ─ 가던 그대가 주춤거리다 흑싸리 가지 끝에 홍띠 하나 겨우 매달았다

그래 색으로 봄을 잡던 네 이년 고운 꽃이 내 피를 빨아먹고 내 손톱을 뽑아 먹고 내 무르팍 관절뼈 힘줄까지 다 갉아 먹어 버렸어 이번에는 내 차례야 꽃

그렇게 꽃光 패를 집어 던져 내 뒷심이 굵어지고 그대 가

는 발밑에는 쌓였다 똥

　그대는 똥을 줍다 등골이 휘고 똥을 줍다 옆구리 결려 똥
을 줍다 무릎걸음 오래 걷다 똥을 줍다 짓물러 부르튼 손바
닥으로 지렁이가 썰렁썰렁 길을 내도 모르는 채 똥을 줍다
빈틈으로 돌아와 기어이 내 무릎 베고 누워

　벽오동 봉황의 冠을 돌려주고 있다네

몸이 어두워지다
– 초록뱀을 삼켜라 6

지금은 사람이 살지 않는 차귀도에 갔다가 초록뱀을 만났습니다 몸을 파는 여자가 살았다는 섬의 뒤쪽 바닷가 집은 허물어져 있었습니다

몸이 길인 뱀과 몸 밖으로 길을 내는 내가 만났습니다

이 길이 너의 길이냐고?

우리는 서로를 노려보았습니다 길가에 서 있는 갯방풍과 쑥부쟁이와 들국화는 모두가 뱀의 편이었습니다

나는 가만 길 위에 몸을 뉘어보았습니다 몸을 파는 여자가 내 몸에 들어온 듯 내 몸을 견딜 수 없었습니다 도둑 같은 바람이 살을 스쳤습니다 가죽을 벗을 수 없는 나는, 뼈대만 남은 황량한 몸으로 허물어져 갔습니다

내 몸이 겨우 어두워졌습니다 다행입니다

3부

돌의 나라

섬에서 우는 것은 섬 돌이 아닐 거다
더욱이 날 것 없이 허공을 가르는 새
날개로 먹돌을 품어 새 세상을 만든다

하늘을 반듯 떠안고 새들이 내려앉는다
바람에 궁글리어 속내를 다스리는
해녀의 묵비권인가
나지막이 잠겨 든다

물살에 몸을 맡겨 발자국을 씻고 있다
햇살이 자갈자갈 해변에 쌓일 동안
밀물과 썰물 사이에
목마르게 기다린다

길이란 더 없어도 너에게 갈 것이다
이때다, 새털구름, 알돌 위로 지나간다
파도가 새 떼를 풀어
창공으로 날고 있다

빼앗긴 순정*, 그 후

1

여자가 거울을 보며 헤프게 웃고 있어. 분홍을 먹은 벌레들이 내 안에서 꿈틀거리나 봐. 거울을 볼 때마다 찾아오는 철모 쓴 남자의 발소리는 썩 줄 몰라. 하긴, 여자의 다 헐은 분홍 속살을 갉아 먹는 벌레들이었으니까, 아니, 여자 속의 분홍 벌레를 삼키는 꽃들이었으니까, 군화에 뿌리를 내려 거품 꽃이 목말라,

거울을 빠져나온 여자가 축축하게 냄새나는 발을 천천히 앞으로 내디디며, 두 손을 흔든다. 술 취한 구더기 떼처럼 꽃잎들이 쏟아진다.

꽃 속에서 지금 막, 분홍을 먹은 벌레들이 기어 나와 여자의 발자국을 모조리 갉아 먹고 있어. 여자는 꽃가루가 날릴 때마다 거울을 꺼내 들고 남자를 불러낼 테지. 거기, 거울 속으로 들어가. 자, 그러면 사쿠라 꽃들은 분홍을 팔러 나가 어둡도록 돌아오지 않아요. 벌레들이 갉아 먹어 움푹

파인 거울 속에 여자를 가둬놓고,
  그 여자, 우물 속에서 나를 보며 웃는다.

  2
  당신이 꽃 속에 얼굴을 파묻는 동안 나는 다리를 세우고
당신의 갈비뼈를 죄다 뜯어 햇살에 말려요. 구겨진 내 몸에
서 흘러나오는 휘파람 소리

  왕벚꽃 그늘에 죽어가는 여자의 오래 묵은 골목을 지나

  제 꽃에 독을 묻히며 굽 나간 구두가 돌담 끝을 지나,

* 일제 위안부 강덕경 할머니의 그림 제목 '빼앗긴 순정' 인용.

배반의 동백 숲

운전에 익숙한 나는 어디든 갈 수 있죠 오른쪽 왼쪽 선택
은 내 마음에 있어요

오늘은 해 뜨는 쪽으로 가보아요 이빨 없는 초록 입들이
태양을 갉아 먹고 있어요 내 차를 뜯어 먹어요 바퀴가 사라
지고 범퍼가 사라지고 내 발목도 보이지 않아요 거꾸로 운
전해요 가기 싫은 그때로 돌아가고 있어요 소리를 지르지
만 이곳은 소리의 늪이에요 소리에 묶였어요 돌아가고 있
어요 뜨겁게

어쩌나 캄캄해져요 묵은 재 같은 노랫소리 들려요

길을 내는 것을 사랑이라 믿었네 길이 없는 곳에는 삶이
없다네 길이 끝난 곳에서 길로 누우며 당신의 속삭임은 인
생은 달콤한 것 없는 길 걸어가는 삶, 사랑이라 믿었네

칭칭칭 내 몸을 감는 초록뱀들이 나를 묶고 가지 못하게
해요 나는 어디든 갈 수 있어요 내 안의 노래를 잠재우며
바람이 불어요

바람은 자기가 갔던 길을 다시 가지 않네요 반복은 바람의 배반이겠죠 바람의 결을 따라 초록뱀 떼가 춤을 춰요 ⋯ 벌겋게 ⋯ 누웠어요 진득이 따라와요 수없이 짓밟아요 나를 모독하는 나의 성전

조금씩 밝아지네요 붉은 꽃 지고 동박새 섧게 우나요,

선흘리 동백동산*의 검은 숲길 배반의,

* 4·3의 불태워 없애버린 현장 중 하나. 이곳 굴속에 피란했던 마을 주민들이 빨치산 진압대의 방화로 인해 전부 질식사했다.

처절한 거짓
- 크라잉*

둘시네아, 불의 키스는 일생에 딱 한 번뿐이라오

그가 혓바닥을 내밀어 조국이란 낱말에 힘주어 내 몸에 침을 묻히자 풍차는 돌아가기 시작했고 우리는 날마다 장작개비를 소총 대신 손에 들고 술 취한 밤거리를 돌아 거인을 향해 진격했다

왕벚꽃 축제 행렬이 흔들리는 봄날인데 흐음, 서글프다

광장의 뒤편에선 피의 사냥
또 다른 축제 행렬이 뜨겁게 쏟아져 흐르는데 크라잉, 서글프다 외투를 두껍게 걸쳐 입고 짙은 선글라스를 끼고 초록 물총을 하늘로 쏘아 올리며 크라잉

그런데 왜 뒤통수의 젖은 물기는 쉽게 마르지 않는 걸까? 로큰롤 음악에 맞춰 마이크를 옆으로 틀어잡고 롤 롤 롤 롤링 스톤 하, 서글프다

크라잉, 수많은 눈동자가 하수구의 기름방울처럼 반짝이
는데
　나는 그 누구와도 같은 곳을 보고 있지는 않구나, 크라잉

　진달래의 사월을 지나 수수꽃다리 오월, 때죽나무 꽃그
늘도 환한 유월까지, 터지는 함성을 주먹으로 틀어막은 채
크라잉, 크라잉, 그래, 그래

　이제는 입을 한껏 크게 벌려 너도나도 모두 함께 더불어
서 울어볼 테야

　야이 야이 야이 야 아이 엠 돈키호테, 노 아이 엠 낫 해
피, 우리는 바퀴처럼 숨어 살며, 굶지 않고 때 묻지 않은 옷
을 입고, 해피를 개 이름으로 부르고

　아 유 크라잉?

69

바람이 한 페이지씩 넘길 때마다 출렁거리는 역사처럼
크라잉, 크라잉

서글프다, 한패거리 우리는 좀 슬어 낡아빠진 태극기를
손에 들고 왼손에는 성조기 들고

헤비메탈에 빠져 멈출 수 없는 헤드뱅잉, 몸과 몸을 번갈
아 바꿔가며
즐겁다, 그렇지?

제자리에 앉은 채 앞뒤로 격렬하게 몸을 흔들며 앞으로,
끝없이 앞으로, 바퀴 떼가 되어 어둡고 축축한 곳에서 윗
몸만 흔들어대며 앞으로 나아가는 것밖에 모르는 우리는,
더욱 어두운 만찬을 기다린다
서글프다, 아니다, 오 해피, 해피

등 뒤에 서서 혁명에 침 발라대는 그
그가 전복하는 건 다만, 자신의 혀일 뿐이야, 크라잉

그 빈 몸뚱어리, 붉은 눈물을 뚝뚝 흘리며

조국은 오로지 불의 키스를 바란다
서글프다, 나는

* 중국의 현대화가 인준의 그림 제목 인용.

처절한 거짓 2

1

검은 눈물이 흐르는 땅 위에 너를 버리고, 음모와 저주의 세월 속에서 검은 눈물을 흘리며 나는, 황사가 이끄는 사월 속으로 떠났다

자영*아, 내 어여쁜 불운의 딸아

아직 가난한 나무는 하염없이 제 안의 울음으로 별을 그리고

허공을 어지럽히는 총소리는 폭죽처럼 나무의 가지마다 재처럼 내려앉아 수없이 무심한 발걸음으로 날 선 창으로 칼로 난도질하여 너는,

초록빛 가래를 뱉어내다 피를 토하고 나는,

그러한 악취 속에 춤추며 놀아나느니 꽃을 먹을 뱀처럼

나는 네 목젖을 들여다보며 위험한 생각을 품고 황토 물처럼 붉은 울음을 쏟아내는데

내 안에 있던 것이 꽃 아니겠느냐만 네 안에 있던 것은

내 아니겠느냐

2
자영아, 너를 팔아먹은 건 너희 아버지였지

네가 죽고 열두 번 너를 팔아먹은 너희 아버지는 미친 세
월에 몸을 싣고 비틀거렸다 저주보다 잔인한 사랑으로 네
아비는 풀잎 같은 난간의 길을 버리고 돗통시 속 같은 밥그
릇에 주둥이를 처박았다

온전히 몸을 바쳐서라도 조국을 살릴 수 있었더라면 차
라리
죽음으로 행복을 얻었을지도 모른다 너는

딸을 팔고 딸의 몸을 윤간한 자들의 개가 되어 짖었던 네
아비는,
딸을 팔고서도 눈 못 뜬 네 아비는,

죽은 딸의 몸마저 제가 먼저 유린하고 사지를 자른 채 네 개의 강물에 외따로 던져버리고 나는,

어린 내 딸아, 의정부로 평택으로 흐르다가
죽은 넋이 마저 죽지 못해 서귀포 앞바다에 강정천에
허공처럼 떠도는데

총알처럼 뜨거운, 거짓 사랑이
꽃처럼 거대한 꽃송이처럼 포탄은 터지고
죽은 너의 몸을 찢고 또 찢어대는
너의 어린 아들은 또 너를, 자영아

아버지가 죽어도 다시 더러운 아버지는 태어나고
여전히 눈 뜨지 못한 네 아비는 울음마저 모르는데
아비의 눈을 네 죽음으로 뜨게 할 수 있겠느냐
떠야 할 눈이나 있는 것이냐

피 묻은 몸으로 새로 태어날 내 딸아 무거워 버리려 했던
내 어린 어미야

하늘이 아무리 넓어도 아버지의 죄를 덮지는 못할 것이다

* 명성황후의 본명, 민자영.

푸른 달빛의 노래

노래하는 밤이 나를 낳았네

달을 삼키며 초록뱀 떼가 노래를 불렀네 빛의 음표가 쏟아지던 밤 밤의 노래가 나를 낳았네 초록의 뱀들이 달빛을 받아 무성히 무성히 흔들거릴 때 사랑아 사랑아 하늘엔 작은 별들이 출렁거렸네 하늘에서 쏟아지는 뱀 떼

사랑의 뱀들이 서로 몸을 죄고 있던 산마루에 해 떠오르네 후드득후드득 쏟아지는 빛의 비늘들 초록의 입을 쩍쩍 벌리며 뱀들이 꽃으로 피어나네 발 없이 천 리를 가는 뱀 툭 투둑 대지를 물어뜯는 저 뱀 떼 초록 초록뱀들이 서로를 물어뜯어 푸른 피가 흐르네

노래하는 밤이 나를 낳았네 시간의 상처는 쉬 아물지 않네 시간은 제 상처를 약으로 쓴다네 제 몸을 물지 않으면 살 수 없어 잠에서 깬 초록뱀들이 서로의 꼬리를 무네

죽은 자들의 몸을 삼켜 푸르른 봄 언덕에 서서 4·3의 끓는 피를 독니에 홀치고
  밤을 지나 낮을 지나 나는 노래하네

  실밥 터지듯 투욱 툭 피부를 뚫고 대가리를 쳐드는 뱀들이 음표처럼 꾸물거리는 밤
  노래하는 밤이 나를 낳았네

쑥

1
근처에서 누군가 북을 치나 보다
사월의 동구 밖까지 둥글게 메아리치는
다랑쉬* 불길 일던 곳
파랗게 일렁인다

2
우리들의 노래는 어디까지 닿는 걸까
잿더미를 헤집는 따뜻한 손길 속에
다시 핀 풋웃음들이
돌 틈마다 소복하다

3
벗아, 어서 오라 새벽바람 타고서
쑥물의 들을 지나 먼동 트는 바다로
둥둥둥 수평선 너머
붉은 해로 떠오르라

* 4·3 당시 불태워 없애버린 마을.

또*, 변명

그대 또, 내게 오시는 길은 붉은 해가 푸른 물 두루마리
를 펼치며 솟구치듯 그렇게 오시는 길이라면

내가 또, 그대에게 가는 길은 달에게 이끌려 주저주저 밀
려왔다 밀려가듯 떠밀리며 그렇게 가는 길이라오 누구 또,
신들이 끄는 마차를 멈춰 세울 수 있나요?

그 뻔한 사랑 따위야 미투me too** 또, 들먹이겠죠만

* 부사이기도 하지만 고어古語에서는 '웃어른 도都'를 써서 극존칭(신격) 접
사로도 쓰인다. 술몽또, 사또士都, 백주또, 산신또, 보름웃또, 엉또, 황칠낭또 등.
** '나도 피해자me too'라는 뜻으로, 자신이 겪은 성범죄를 폭로하고 그 심각
성을 알리는 운동.

맹인의 안경

내 안경 좀 찾아주오. 학자여, 경전을 머리에 이고 돋보기를 손에 들고 대체 무얼 그리 찾아 헤매느뇨.

하늘 하나 땅 하나 사람 하나 단 한 번에 꿰뚫어 보고, 서지도 눕지도 않으며, 눈 감은 적도 뜬 적도 없으며, 볼 수도 없고 알 수도 없으나, 어쨌거나, 세상만사 모든 것이 다 통하는 점 하나, 부디 내 대물경 좀 찾아주오.

소경아, 거, 딱하게 찾지 말고 그냥 모른다고 해보라마.

인도네시아의 근로자

잣나무 가지 끝에서 잣을 따는 잔나비야

솔침이야 찌르건 말건 내버려 두고, 기어오르는 발바닥마다 송진 쩍쩍 달라붙어 난색에 도리질 치니, 네 주인이 가죽신을 지어주랴, 일당에 한 푼 더 얹어주랴, 어르달랜다고 그 맛에 발장구 치며 끼득끼득 춤추지 마라

이참에 눈알 확 까뒤집고 발작해야 최저임금 올리는 겨

밥상에서 ᄃ래기 공론*

대보름 달빛이 사방팔방 비추어 어머니의 아이들을 불로
장생학표양은두레밥상 앞으로 불러들여 달맞이 이야기꽃
이 도란도란 피어났다지

─어머니는 항상 우리에게 밥 굶지 말고 살래 바닥에서
밥 빌어먹지 말래 밥은 여럿이 한데 모여 공손히 무릎을 접
은 채 다투지 말고 먹어야 아프지 않고 오래 산다 하셨어

큰 양푼에 놓인 밥을 제 양껏 떠먹으며 앉은 순서에 따라
어머니 살아 계실 적 말씀을 마음 푸근히 잇다 보니까 말이
야, 밥은 모두가 알맞게 골고루 돌리며 먹어야 한다는 땅의
평등한 말씀이었고, 나만의 욕심을 비우라는 하늘의 말씀
이었고, 세상살이 둥글둥글 사이좋게 나누라는 너와 나의
말씀이었던 거지 뭐니

그런데 말이야 잠깐 사이에 뭉게구름 하나가 달의 옆구
리를 슬쩍 스치며 지나갔어 엉겁결에 우리 감은장애기씨**
한쪽 눈 찡긋 감고 말았지 아마 그 순간 지구는 기우뚱 기
울었을 테고 달빛은 휘청거렸겠지 바로 그때 어머니의 아
이들의 말도 갑자기 홱 달라졌어

– 하지만 어머니 그 뜻은 지표의 중심을 일심으로 오래
도록 짚고 선 학의 다리처럼 강직하오나 고결하던 은빛 자
태는 세월에 긁혀 때깔도 바랬사옵고 둥그렇던 모양새도
이쪽 아니면 저쪽으로 쏠렸사오니

보는 눈도 짜부라져 기준 없이 틀어진 생각에 어머니 말
씀은 이랬다저랬다 변덕이 심한 잔소리로 기억되고 말아

어머니 말씀일랑 그저 안주 삼아 술이나 한 배씩 돌리고
내다 버리자는 아이들의 고려장 논의가 끝나기 무섭게 모
난 탁자를 사이에 두고 좌우로 갈라서서 갑론을박 각진 턱
을 높이 치켜들다가 어디서 몹쓸 놈의 관을 짤 때 쇠못 박
는 소리 하나 툭 튀어나온다

– 닥치고 밥이나 먹자 탁상공론 치워랏!

* '드래기'는 '수레바퀴'의 제주어, '도래기 공론'은 원탁회의를 말한다.
** 제주 신화 삼공본풀이에 나오는 후천세계의 대모신. 효성이 지극한 셋째
딸로, 재물과 복덕은 누가 주는 것이 아니라 자신에게 있다는 주체적이고
자립적인 인물의 상. '감은장'이라는 이름은 팔괘상에 선천 감(물)괘 자리에
후천 태(금은)괘가 좌정, 서방(재물, 金)을 운영한다.

4부

범종

나, 문득 종가시나무 숲에 들어 나의 종신을 때린다

꽃잎이 피고 져도 말없이 바라보다 눈비가 내리칠 때야 제
빛깔로 짙푸르러 넉넉히 팔을 벌려 마른땅에 그늘 내리는

종갓집 맏며느리의
오지랖같이

나무

南無

산머루

누가
지나갔길래
꽃 진 자리가 저리 환할까

햇살도
가을 햇살
탱글탱글 산이 여물어

그 품에
까르르 웃는
까만 눈동자 아이들

화산도 억새

내 나이 서러운 날에 어머니는 말없이 허물어진 돌담길을 건너와 말여물을 내려놓고 어욱이 거친 손으로 내 가슴을 쓸었다

해금의 계절 속에서 튕겨 나오는 말방울 소리 아버지 발자국 소리 잇달아 쩔렁거리고 빌레왓 찌르레기 떼 빈 들판을 날았다

독 묻은 순수의 촉이 내 이마를 관통하고 나는 또, 섬 억새처럼 일어나 온몸으로 울었다

겨울 여백

마른 나뭇가지에 새의 발만 남아 흔들린다
묵은 허공에 꽃잎 같은 눈꽃 피어

그늘에 흰 날 어리어,

오시는가

어머니……

수국 너머

내 안의 풀리지 않는 숫자들이 발돋움하여 하얗게 부풀어 오르다가 송이송이 꽃송이 다 피어나고

엄마, 하고 부르면 멀리 가버린 엄마가 오시어 내어주는 눈물밥 한 그릇

어떤 기다림

　팔순 난 할머니는 콩새의 눈알같이 작은 콩꽃씨를 텃밭
에다 심으시고 헤살헤살 웃으셨다 선한 바람 잘 들라고 잡
초를 뽑아놓고 헤살헤살 웃으셨다

　텃밭에 처박혀 있던 땅꼬마 콩꽃씨께서 실눈 뜨고 일어
나 두리번거리다 세 달배기 어린 젖니를 내밀어 연두 꽃대
를 세워놓고 신비한 주문을 외워 콩새 한 마리 카수 시켰다
가는귀먹은 할머니 귀에

행자삼춘 인생 꿋발

하토 칠 때 무슴(마음) 마냥 살아사 헌다 야이야(얘야), 살당(살다가) 실패를 허민, 아이고 나가 패를 잘못 내놔졌구나 반성허는 무슴으로, 끝나도 쭈욱 그 무슴으로 가사 헌다

막끝에 잃러분 것은 보시했다 생각허곡

큰 쇠는 서글프다

쇠로 태어나지 못해 동쇤가, 마당쇤가

큰 쇠 큰 쇠 부르면서 열 일은 다 시키시고, 큰 쇠 큰 쇠 다 컸다고 여물 아니 멕이시고, 작은 쇠는 약하다고 빈둥빈둥 놀리시고, 작은 쇠는 어리다고 여물 모다 멕이시니, 이제는 숫제 동쇠더러 춤추란다

시어른, 나무랄 셈이면 배부른 순으로 부르시오

얼굴이 없소

수없이 달라지는 그의 모습이 수상한 나는 그의 얼굴 가죽을 벗겨내기 시작했소 그러자 그의 아버지가 눈을 감은 채 가만히 있는 것이 들여다보였소 의아한 나는 다시 그의 얼굴 가죽을 한 번 더 벗겨내었소 그러자 코에다 돋보기안경을 걸친 늙은 남자가 보였소 그의 할아버지인 듯싶었소 다시 그의 얼굴 가죽을 벗겨내자 상투를 틀고 흰 수염을 너풀거리는 이가 있었소 그의 증조이거나 그 윗대의 누구일까 나는 또 그의 얼굴 가죽을 계속 벗겨나갔소 양파 껍질인 듯 잘도 벗겨지는 그의 얼굴 가죽을 연속 벗겨내어도 그의 모습을 영 찾을 수가 없었소 울고 싶어진 나는 그의 진짜 얼굴이 나올 때까지 그의 얼굴 가죽을 벗길 생각으로 내내 그 짓만 하고 있었소 거듭 질긴 가죽을 벗길 때마다 다른 얼굴로 태어나는 그를 보다가 그만 기어이 거울에 비친 내 얼굴을 보고 말았소 참으로 황망하였소

5부

기록
– 단풍잎이 지고 있다

가을이 역성혁명 바이러스에 감염되었다
앞날을 예견하듯, 내 얼굴에 반점 돋듯 온몸을 비틀어 짜는
염색소 분출이다

　지난날 풋웃음도 春華처럼 퇴색되어 오, 저런 빈 하늘에
벌겋게 나붙더니

　세상은 가십거리로 발길 속에 뒤챈다

~결

나,
이제
먼 길 떠나
황해도 작은 마을
한 사내 오목가슴 깊숙이 파인 연못
그 물에 피었다 지는
각시수련
될까 몰라

한 생을 에돌아서
발아래 흐르다가
오래된 사슬 끊고 뜨겁게 솟구치어
큰 물결 밀어 올리는
어머니의
남쪽 바다

오,

나는
나도 모르는
함경 이북 으슥한 곳
사투리 무뚝뚝한 사내 늑골 바위 틈새
이슬에 뿌리 내리는
나비난초
될지 몰라

광령마을의 봄

땅속 깊이 맥을 짚고 굴광성으로 뻗어가는
무수천 경계 넘으면 빛고을 광령이다
사월의 마을 첫 자락
왕벚꽃이 길을 연다

화라락 달아오르는 연분홍 새색시
꽃 속, 풀 속, 세상 속에 그대 숨어 나를 본다
지난날 같이한 연분
그 봄빛이 번져온다

누굴까 예까지 와 꽃잎을 날리는 이
바람도 소리 없이 햇살을 뿌리고
가만히 들길을 깔며
천지간을 뒤척인다

꽃길을 밟고 가라, 금보랏빛 저 하늘로
부신 듯 펼쳐지는 내 가슴 언저리에

떠난 이 아득하여라
꽃잎 무진 날리는

까마귀쪽

섧도록
그리운 이

물마루를 건너실까

섬 동백
그 등걸도

깨흔들어 안 오실까

목 빼고
기다리다가

까무룩이 여문다

애월

섬에는 애오라지 기다리는 것뿐이라
등대는 하루 종일 기다리는 일뿐이라
두 눈이 빨개지도록 기다리는 너뿐이라

도대불*
나의 포구로
긴
하루가
정박한다

굽 낮은
신발을 끌고
달이 하나
놀러 와

서녘 쪽
둥그대당실**
밤새도록 뜨는 섬

* 제주의 옛날 등대. 돛대처럼 높은 대를 이용해서 불을 밝혔기 때문에 돛
대불, 혹은 뱃길을 밝힌다 해서 도대불이라 했다.
** 제주 민요 〈오돌또기〉에 나오는 달 뜨는 모양.

봄의 흰 그늘

오늘은 내가 걷는 이 길의 백목련 꽃그늘을 지나는데,
　다른 길 밖으로는 흰 눈이 펄펄 내리고 푹푹 쌓이는데,
　백석이 흰 당나귀를 타고 산골로 들어가는 마을 입구에
흰 꽃잎이 출출이 운다고 세상의 꽃이 지고 있고,
　언젠가부터 이 길에 문득 그대 앉았던 자리마다 구름체
꽃이 조금 머즐머즐 피고 있는데,

　옛날을 지나온 내가 또 그대를 사랑하여,

못가에 달빛이 흐르는 이유

가시 돋친 나날이 못 속에 잠깁니다

발을 머뭇거리다 그새 또 멀어지는지 흩어진 빛들이 모여
銀河
그 강, 건넙니다

새빨간 사과벌레와 재래식 모토로라*

이브가 사과 한 알을 기어이 따서 먹다
한 마리 사과벌레가 기차게 뺏어 먹다
한차례 똥막대기가 뛰쳐나와 일 본다

찌루바 찌루바바** 한바탕 춤춰볼까
꽁지에 불을 붙여 달 착륙에 성공한 엉덩이는 빨개지도
록 씰룩쌜룩 내 마음을 녹주세요 그대여, 당신의 마법에 걸
려 무아지경에 무아지경에 빠져 있어요 허리를 흔들어요
하느님이 내려주시는 일용할 양식은 비트처럼 쏟아지고,
허리를 비틀어요 하느님이 취한 음식은 우리도 취케 하고
음, 음악에 맞춰 비틀비틀 앞으로 갔다 뒤로 갔다 하느님의
생각을 몰라, 몰라 지그재그 재즈재즈 볼 수가 없어 신비스
러운 분, 그로 인해 우리가 태어나서 먹고 살아간다네 下等
에는 예외가 없으므로 오직 자비, 자비만 기다리며 우글우
글 춤을 춰요, 발맞춰 빨리빨리 내 신경 유선전화로는 그를
붙들 수가 없어, 없어요 끈적끈적한 눈빛 호르몬을 무작정
방출하는 무선전화로만 그를 부를 수 있어, 있어요 가만히

숨죽여 봐요 암벽등반을 하던 친구는 그곳에 올랐을까, 하
느님은 마음이 착한 이들을 가장 빨리 부르신다고 했다, 어
깨를 흔들어요 제발요 내 몸짓이 보내는 안테나 파장으로
오색 빛이 찬란한 그곳에 갈 수 없나, 없나요 머리를 흔들
어요 빛이 중력에 의해 휘어질 때마다 아니아니, 별 볼 일
없는 진공의 상태에서 끄덕끄덕, 낙하하라, 정신없이 추락
하라, 아니아니 상승하라, 꽁지에 불을 붙여 자, 날아볼까
휘청, 휘영청 달이 밝을 때까지 헤에이 헤이헤이

　한 소식, "헬로우 모토" 나를 깨워 흔든다

---

* 휴대폰, 무선호출기 등을 생산하는 통신업체. 1969년 달에 착륙하여 "인
간의 작은 발걸음 하나. 그러나 인류에게는 위대한 도약"이라고 외쳤던 닐
암스트롱의 생생한 육성이 지구에 전달된 것은 바로 모토로라가 개발한 우
주통신용 무선기를 통해서였다.
** "찔러봐 찔러봐 봐"를 하등 언어로 표현한 것. 〈Unchain My Heart〉라는
재즈 가사의 일부분.

네 손끝에는 달과 꽃

1
장맛에 눈이 멀어 까맣게 잊었구나
세간을 들여놓다 불혹에 잠기어도
수차례 닦고 매만져
손끝에서 달이 뜬다

가지 않은 길들은 슬며시 뒤척거리다
별똥별 색동까지 와르르 쏟고 나서
신새벽 노을빛으로
손톱 속에 스며든다

2
어디로 간 것일까, 순한 빛 호랑나비
이제는 눈이 내려 먼 기억도 따스하다
햇살이 흰 눈 사이로
손뼉 치듯 퍼붓는다

눈밭을 헤치고 오는 손짓들이 찬란하다
삐쭉이 돋아나는 꽃순아 꽃순아
네 손에 발끝을 세워
세상 속을 누빌레라

민들레 산조

어디서 헤실헤실 눈웃음을 치는 게냐
뭇별들 불러 모아 연분도 맺었느니
이제는 아는가 보네 내 나이쯤 사는 법을

뒤뚱뒤뚱 안짱다리로 못 가는 데 하나 없고
이곳저곳기웃갸웃한눈도팔아보고마파람부동산바람휘파
람에치맛바람오지랖넓은사연을그누가모를까마는춘삼월아
니어도아득바득깨어나서진노랑저천덕으로화들짝웃음주는
목이긴그리움이야풀풀나는씨앗일레

불혹의 뿌리만으론 삶의 터가 좁은 게야!

아브*

나에게 꽃을 주라
붉은 꽃을 내어주라

퍼붓는 눈발 속에 저리도 설레는데

십자로
텅 빈 하늘가

매꽃梅花 하나 희디희다

* Ab. '심장'의 이집트어. '양심'을 나타내는 말.

왕새우

갯벌에 들어서면 누구나 시작일 거야
갈대는 마른 이삭을 바람에 풀어놓아
살며시 수맥을 짚고
허공중에 날아오른다

이곳에 닿기까지 얼마나 걸었을까
굽은 등, 푸른 물결도 달빛을 마냥 밟고
물살을 거슬러 올라
몸이 온통
눈부시다

발자국, 자국마다 붉은 알이 수북해라
뻘뻘, 진흙탕 속에 모래처럼 뒹굴어
수면을 뛰어오르네
햇살 가득
차오르네

화근
-봄의 입술

햇봄의 혓바닥에 은근히 넘어가서 초록빛 사투리를 쉴 새 없이 옮기다가

조것이
치마를 올려
꽃술까지 보이네!

朝天, 아침은 유리 구두를 신고 다닌다

섬으로 쫓겨 온 이는 연북정*을 세우고
뭍으로 달아날 이는 엉장메를 놓는다
천하에 농투사니는 환해장성** 쌓는다?

난, 그저 당신을 찾아 바다에 왔더니만
아침이 상고머리를 한 채 햇살을 뭉텅뭉텅 베어 먹고 능
금빛 턱을 들어 줄넘기하듯 포물선을 그리며 물방울무늬
치마에 발이 맞지 않는 뾰족구두를 신고 달려와, 내 유년은
눈부시게 하얀 포말로 신부 옷을 짓는 수평선이 보랏빛 튕
겨내는 현의 소리를 듣고 발끝을 세워 춤추는데 이상해라,
뒤꿈치에 자꾸만 피가 흘러 엄마, 우 - 몰려오는 까마득한
기억 속에 머리칼이 자라나 빛나는 내 이마를 덮어 누군가,
뭉클뭉클 시간을 뒤로 쓸어 넘기며 굽 낮은 구두를 신고 다
가와 어느새, 구두코가 뭉툭하게 반짝이는 사막의 모래시
계 위에 쓰러져 나는, 맨발로 벌겋게 이마가 환한 사내아이
를 낳는다 흐응, 그렇게
난 숫제 머리를 틀어 저 능선을 넘는다

다단계 파도타기는 안방까지 밀려들어 빨간색 파란색의
주가지수를 즐기지만 언제나 뒷굽이 높은 구두 소리뿐이다

* 유배 온 사람들이 서울 소식을 그리며 마음을 달래던 정자.
** 바닷가를 돌담으로 에둘러 쌓은 장성. 외부 적들의 침입을 막았다.

명도암*

누구도이곳에선입을열지않을거다나무들은제자리를조금
씩비켜서서지나온발걸음만큼쪽대문을밀고있다

이따금혓바늘이뾰족이돋아나도하늘한층푸르고햇살은따
뜻하다내길도어디쯤엔가그문을열고있다

이길을지난후에꽃들은필것이다묵묵히가야하는나만의외
오솔길불현듯내려다보는그눈빛이시리다

내길이저만치서능선을넘고있다올곧게길을걸어더붉게타
는노을그곳에가는길목이금빛으로환하다

---

* 조선 선조의 계비였던 인목대비 폐모를 반대하다 제주도에 유배 온, 당시
영남학파의 맥을 잇는 간옹 이익의 제자인 김진용의 호. 사마시에 급제하
여 성균관에 진학한 후 참봉으로 천거되었으나 제주에 돌아와 명도암明道庵
을 세워 훈학에 전념하였던 당대 유림의 거물로서 후일 향현鄕賢으로 추대
된다. 그의 이름을 딴 명도암이라는 마을이 제주시 봉개동에 있다.

여인

1
그대로 나의 뜻이 더 밝게 자라난다

옥녀*는 흰 옷자락, 앞섶이 불그스레

백여 일 꼭두새벽을 마중하여 서는가

2
바람은 채찍질로 달빛을 아로새겨 선덕의 가시관을 금빛
으로 물들인다

황칠이** 눈물의 여왕, 고즈넉이 거닌다

3
보아라, 흰 꽃들이 매 하루 건듯 핀다

한 넋을 감싸 안고 맨발로 춤을 추다

쟁명한 가을 햇볕에 마른 몸을 누인다

* 꽃잎이 온통 하얀 무궁화의 일종.
** 황칠나무. 상록 활엽수의 일종. 상처에서 흐르는 체액이 금빛이다. 예로
부터 금세공품에 주로 쓰였다.

물의 욕망, 혹은 생명력

정찬일 시인

생각 하나

고우란 시인의 두 번째 시집 『제주 들개와 물질하는 꽃』 원고를 읽고 오래도록 창밖, 내다본다. 눈앞에 물이 가득하다. 출렁이는 물. 그 안에 제 이름을 갖고 몸을 담근 섬들 몇몇, 태연히 떠 있다. 늦가을인데도 최남단의 섬은 초록의 생명력으로 가득하다. 시집 원고를 다 읽고 나서 무엇보다 먼저 물의 이미지와 강렬한 초록의 빛깔이 눈앞으로 바짝 다가왔다는 것은 기실 시집이 던져주는 이미지의 영향 때문일 것이다.

오래된 『도덕경』의 한 구절이 자연스럽게 섬 위로 겹쳐진다.

상선약수上善若水 수선리만물이부쟁水善利萬物而不爭 처중인지
소오處衆人之所惡 고기어도故幾於道.

"최고의 선善은 물과 같다. 물은 만물을 이롭게 하는 데 뛰어
나지만 다투지 않고, 모든 사람이 싫어하는 곳에 머문다. 그러
므로 도에 가깝다"라는 의미. 결국, 그 물은 타자의 상승을 위한
자신의 낮춤을 뜻할 것이다. 그러면서도, 낮춤(물)의 존재 자체
에 대해 다시 생각한다. 마르크스Karl Heinrich Marx가 끝없는 인
간 욕망의 본질을 간과했듯이 노자老子도 그러지 않았을까 하는
그런 발칙한 20대 후반의 생각을 다시 떠올리게 한다, 다 끝난
해묵은 숙제처럼.

생각 둘

초록의 생명력으로 가득 찬 몇몇 섬에 다시 겹쳐지는 이미저
리imagery. 폴 고갱Paul Gauguin과 앙리 마티스Henri Matisse의 그림들.
마티스의 그림, 〈Dance 2〉는 세 가지 색만을 사용하여 천지
인天地人을 완성했다. 하늘-푸른색, 사람-붉은색, 땅-초록색이
그것. 단순한 색채이지만 어떤 작품들보다도 강렬한 생명력을
느낄 수 있다 - 물론 마티스는 어떤 색채가 갖고 있는 고정관념
의 경계를 뛰어넘은 저돌적 정서를 가진 화가였다. 폴 고갱의

그림들 또한 곧 터질 듯한 강렬한 붉음, 초록의 생명력으로 가득하다. 타히티를 소재로 그린 그림들은 여백의 삶이 끼어들 수 없을 정도로 타히티 여인들의 강렬한 삶을 숨 막히게 전해준다. 그림 외적으로 살펴보아도 고갱이 말년에 그렸던 대작, 인간의 희로애락을 모두 담고 있는 〈우리는 어디서 왔는가? 우리는 누구인가? 우리는 어디로 갈 것인가?〉(139.1×374.6cm)는 고갱에게 자기 존재에 대한 강렬한 삶의 생명력이 없었다면 태어나기 어려웠던 작품이다. 물론 이러한 모든 생각은 고우란 시인의 두 번째 시집 『제주 들개와 물질하는 꽃』을 읽고 난 후 떠오른 시각적 형상들이다.

고우란의 첫 시집인 『호랑이 발톱에 관한 제언』을 보면 '그리움'으로 가득하다. 그리움에 익사하기 직전처럼 숨이 막힌다.

꽃길을 밟고 가라, 금보랏빛 저 하늘로/ 부신 듯 펼쳐지는 내 가슴 언저리에/ 떠난 이 아득하여라/ 꽃잎 무진 날리는(「광령 마을의 봄」에서)

섧도록/ 그리운 이// 물마루를 건너실까// 섬 동백/ 그 등걸도// 깨흔들어 안 오실까// 목 빼고/ 기다리다가// 까무룩이 여문다(「까마귀쪽」전문)

섬에는 애오라지 기다리는 것뿐이라/ 등대는 하루 종일 기다리는 일뿐이라/ 두 눈이 빨개지도록 기다리는 너뿐이라// 도대불/ 나의 포구로/ 긴/ 하루가/ 정박한다(「애월」에서)

보아라, 흰 꽃들이 매 하루 건듯 핀다// 한 넋을 감싸 안고 맨발로 춤을 추다// 쟁명한 가을 햇볕에 마른 몸을 누인다(「여인」에서)

바람에 이는 갈대밭/ 그 위를 솟구치는 하늬바람/ "길은 늘 산 쪽이 아니면 수평선 쪽으로만 휘어져 내리뻗어 다시 휘어져"/ "그건 아냐 수직이야 우리 삶은"/ 나는 그림들을 거꾸로 보기 시작했다/ "뒤를 보여줘 웃는 머리통 뒤쪽"(「어떤 화법」에서)

인용한 위의 시들은 모두 그리움과 연결되어 있거나, 그리움으로 인해 나타나는 현상과 연결되어 있다. 고우란 시인의 '그리움'은 '마을'이건, '식물'이건, 형체를 가지고 있지 않은 '화법'이건 어떤 시적 대상이든지 그 경계가 없어 보인다.

시詩는 어떠한 깨달음이나 낯섦을 던져주기보다는 정서의 표출을 최우선으로 삼는다. 그 정서 중에 가장 대표적인 것이 그리움이다. 물론 그 그리움의 대상은 다양하게 나타날 수 있을 것이다. 대상을 떠나서 만약 누구에게 그리움이 없다면, 그것은 정형화된 최고의 최면 상태인 자기 주술의 상황에 이른 것이리라.

시「광령마을의 봄」에서 화자는 떠난 이를 향해 "꽃길을 밟고 가라, 금보랏빛 저 하늘로"라고 하지만 정작 화자는 떠난 이를 자신의 가슴 언저리에서 보내지 못하며 그리워한다. 제주의 산야나 바닷가에서 흔히 볼 수 있는 까마귀쪽나무(구럼비나무)를 보면서도 그 열매가 까맣게 익는 것조차도 "목 빼고/ 기다리"는 화자의 그리움과 연결이 되어 있다고 여긴다. "도대불/ 나의 포구로/ 긴/ 하루가/ 정박"하는 것도, "흰 꽃들이 매 하루 건듯" 피고 "한 넋을 감싸 안고 맨발로 춤을 추다"가 "쟁명한 가을 햇볕에 마른 몸을 누"이는 것도 따지고 보면 다 그 그리움 때문이라는 것이다. 이러한 그리움은「어떤 화법」에서 한 걸음 더 나아간다. 길이 산 쪽 아니면 수평선 쪽으로 휘어져 내리지만 화자는 그것을 보면서도 – 물론 여기서 길은 삶을 나타내는 비유적 표현이다 – "'그건 아냐 수직이야 우리 삶은'/ 나는 그림들을 거꾸로 보기 시작했다"라고 노래할 정도로 그 그리움은 강렬하다.

그런데 그리움은 방향성을 가진다. 그것이 과거로 향하면 과거의 대상을, 현재를 향하면 현재의 대상을, 미래를 향하면 그 그리움의 대상은 미래가 되는 것이다.

잊고 잃기를 반복하며 찾아가는 '나'

고우란의 첫 시집인『호랑이 발톱에 관한 제언』에 나타난 그리움의 방향성은 대부분 과거의 유전자를 가지고 있다. 과거의 대상을 그리워하는 것이다. 하지만 그리움의 대상이 과거의 대상이라고 해서 그 시간이 과거에만 머무는 것은 아니다. 과거의 대상을 그리워한다고 할지라도 현재와 미래의 삶에 강렬한 생명력으로 표출될 수 있기 때문이다, 슬픔의 정수리가 뜨거운 것처럼. 그런 의미에서 다음의 시가 시선을 끈다.

1
장맛에 눈이 멀어 까맣게 잊었구나
세간을 들여놓다 불혹에 잠기어도
수차례 닦고 매만져
손끝에서 달이 뜬다

가지 않은 길들은 슬며시 뒤척거리다
별똥별 색동까지 와르르 쏟고 나서
신새벽 노을빛으로
손톱 속에 스며든다

2
어디로 간 것일까, 순한 빛 호랑나비
이제는 눈이 내려 먼 기억도 따스하다
햇살이 흰 눈 사이로

손뼉 치듯 퍼붓는다

눈밭을 헤치고 오는 손짓들이 찬란하다
삐쭉이 돋아나는 꽃순아 꽃순아
네 손에 발끝을 세워
세상 속을 누빌레라
  −「네 손끝에는 달과 꽃」 전문

   과거의 대상에 대한 그리움이 현재의 시간에 연결되는 순간
의 시이다. 그러니까 우리는 이 시에서 그리움이 변이되려는 순
간을 읽을 수 있는 것이다. "가지 않은 길들은 슬며시 뒤척거리
다/ 별똥별 색동까지 와르르 쏟고 나서/ 신새벽 노을빛으로/ 손
톱 속에 스며든다." 화자는 과거로 향했던 그리움의 기억을 이
제 따스하게 받아들이는 경계에 도달한 것이다. 그러면서 화자
의 눈에 모든 것이 달라져 보인다. 햇살이 손뼉 치듯 퍼붓고 눈
밭을 헤치고 찬란한 손짓, 즉 꽃순들이 돋아나기 시작한다. 화
자 또한 "발끝을 세워/ 세상 속을 누빌레라"라고 노래한다. 이
한 편의 시로만 본다면 이 시인 앞에 새로운 시간이 펼쳐졌으리
라 추측할 수 있다. 이 시의 모든 시적 상황으로 인해 화자가 세
상 속을 누비겠다고 한 것이 아니라 역설적으로 화자의 내적 변
화가, 손끝에 달이 뜨게 하고, 가지 않은 길들이 뒤척이며 신새
벽 노을빛으로 손톱 속에 스며들고, 먼 기억이 따스하고, 꽃순

에 발끝을 세우는 모든 시적 상황들을 가져온 것으로 보인다.

> 누가
> 지나갔길래
> 꽃 진 자리가 저리 환할까
>
> 햇살도
> 가을 햇살
> 탱글탱글 산이 여물어
>
> 그 품에
> 까르르 웃는
> 까만 눈동자 아이들
> −「산머루」전문

　수없이 달라지는 그의 모습이 수상한 나는 그의 얼굴 가죽을 벗겨내기 시작했소 그러자 그의 아버지가 눈을 감은 채 가만히 있는 것이 들여다보였소 의아한 나는 다시 그의 얼굴 가죽을 한 번 더 벗겨내었소 그러자 코에다 돋보기안경을 걸친 늙은 남자가 보였소 그의 할아버지인 듯싶었소 다시 그의 얼굴 가죽을 벗겨내자 상투를 틀고 흰 수염을 너풀거리는 이가 있었소 그의 증조이거나 그 윗대의 누구일까 나는 또 그의 얼굴 가죽을 계속 벗겨나갔소 양파 껍질인 듯 잘도 벗겨지는 그의 얼굴 가죽을 연속 벗겨내어도 그의 모습을 영 찾을 수가 없었소 울고 싶어진 나는 그의 진짜 얼굴이 나올 때까지 그의 얼굴 가죽을 벗길 생각으로 내내 그 짓만 하고 있었소 거듭 질긴 가죽을 벗길 때마다 다른 얼굴로 태어나는 그를 보다가 그만 기어이 거울에 비친 내 얼굴을 보고 말았소 참으로 황망하였소

　　－「얼굴이 없소」전문

　앞에서 언급했듯이 시 「까마귀쪽」에서 까마귀쪽나무의 열매가 까무룩이 – 까맣게 – 여물어 익는 연유가 그리움 때문이었다면, 「산머루」에서 산의 품에서 익는 대상은 '까만 눈동자의 아이들'이다. 시적 상황만으로도 「까마귀쪽」과 「산머루」는 전혀 다르다. 꽃이 진 '자리'도 환하고 가을 햇살로 '산'이 탱글탱글 여물고 그 품에서 까만 눈을 가진 '아이들'이 까르르 웃지만 그 어떤 대상 속에도 화자인 '나'의 자리는 없다. 과거로만 회귀하는 그리움을 노래하는 시에서는 보였던 화자 자신인 시인이 사라진 것이다. 더욱이 「네 손끝에는 달과 꽃」에서 변화와 변주의 징조가 보였던 화자가 사라진 것이다.
　「산머루」의 시적 상황이나 대상들은 맑고 가을의 한 풍경처럼 충만하다. 그러나 역설적으로 화자의 의지나 정서의 그림자조차 찾아볼 수 없는 것이다, 불안한 가을날의 한낮처럼. 그럼 「네 손끝에는 달과 꽃」의 화자와 시인은 도대체 어디로 사라진

것일까? 우리는 그를 시 「곡우를 건너다」 「곡우를 건너다 2」에서 간신히 만날 수 있다. '곡우穀雨'는 양력 4월 20일경으로 청명淸明과 입하立夏 사이에 들며, 봄비가 내려서 온갖 곡식이 윤택하여진다고 하는 24절기의 하나이다. 그러니 생명력으로 충만한 절기인 것이다. 시인은 이 절기를 넘고 있다. 어떤 모습일까?

"목련꽃이 질 때는 나비의 겨드랑이에서 수상한 냄새가 난다고 그가 말했지 또, 무어라 둘러대며 그냥 흘러가는 물그늘에."(「곡우를 건너다」) "지금 절 마당에는 목련꽃들이 숱 많은 속눈썹을 파르르 떨다 나비처럼 내려앉습니다 탑을 도는 바람의 독경 소리가 옛 인연을 쓸어 적이 낮은 곳으로 흐르고 있습니다."(「곡우를 건너다 2」) 시인은 물처럼 낮은 곳으로 흘러가고 있다. 이러한 시인의 모습에 『도덕경』의 한 구절 "상선약수上善若水 수선리만물이부쟁水善利萬物而不爭 처중인지소오處衆人之所惡 고기어도故幾於道"가 겹쳐지는 것이다. 노자가 말한 최고 선善인 '물'은 비유이다. 만약 인간의 본질을 간과한 채 물과 같은 도에 이르게만 한다면 더할 나위 없는 이상이겠지만 우리는 인간의 본질이 노자가 말한 물과 같을 수 없다는 것을 안다, 물도 울부짖고 넘치고 부수고 거꾸로 타고 오른다는 사실을.

기실 과거의 시간에서 빠져나온 「네 손끝에는 달과 꽃」의 화자는 또다시 현실에 붙잡힌 것이다. 시인은 시 「얼굴이 없소」에서 시적 대상인 '그'의 본질을 보기 위해 계속해서 '그'의 얼굴 가면(가죽)을 벗기지만 그 속에 또 그 속에 들어앉은 사람의 가면을 벗겨내지만 진짜 그의 얼굴을 볼 수 없다. 여기에서 가면을 벗기고 나타나는 얼굴은 실제로 가짜 얼굴이기보다는 '그'의 본질에서 벗어난 것들이며, 자신의 생명력으로 가득 차지 않은 모습을 의미한다고 볼 수 있다. 그것은 자신이 아닌 타자나 현실적 상황에 매몰된 굳은 도그마Dogma인 것이다. 도그마 그 자체는 옳고 그름을 따질 수 없지만, 그것이 굳어지면 자신의 본질을 잃은 존재나 상황으로 나타나기도 한다. 결국 '그'의 본질을 보기 위해 노력하지만 결국 '나'는 얼굴이 없는 '나'의 모습을 거울 속에서 발견한다. 이렇게 잊고 잃기를 반복하며 찾아가는 또 다른 '나'의 시작을 다음 시에서 만난다.

   네 혀가 한 마리 납작 벌레로 기어 거북 등껍질에 다닥다닥 붙어사는 꽃말미잘이라면 곶자왈의 혀 돌고, 잎 돌고, 숨 돌아가는 자리에 일어서 초록초록 나를 외우는 네 소리를 내 혀가 잘라 먹고 말꼬리, 히드라, 구두코, 쨍그랑 소리 내다 햇살까지, 햇살까지 잘라 먹고 겨우내 치를 떨다가 내 혀까지 잘라 먹고, 그 독에 내가 다 녹아 사라지는 사랑아

   머리를 먼저 허공에 내어주고 꼬리로 숨을 쉬는 초록뱀 한 마리가 내 속으로 스윽 스며들 때 화들짝 놀라며, 물러나며, 다가가며 손톱으로 확, 허물을 벗기고 싶었지 내가 왜 사랑을? 돌멩이로, 하이힐로 확, 찍어버리고 싶었지, 꼬리가 보이지 않아, 달

아나, 달아나 버려, 달아나게 해줘, 오래전 나였던 뱀아, 나의 슬
픈 뒤꿈치

　사라진 꼬리뼈에는 푸른 독이, 그리움이,
　－「춘설舌」 전문

　바람이 없으면 삶이 아니다. 바람은 움직임動이다. 죽음도 움
직이는 것이고 보면 살아 있음의 움직임은 내적인 것이다. 내적
움직임이 없으면 이미 죽은 것이나 다름없다.
　시 「춘설舌」은 '봄의 혀' 정도로 읽힌다. 혀는 세상의 맛을 느끼
며 소리를 내어 자신을 드러내는 기관이다. 물론 이 시에서는
비유적인 의미로 보인다. 세상을 판단하고 나의 존재를 드러내
는 혀, 그것도 봄의 혀. 이 시에서 시적 정서도 중요하고, 전달하
는 주제도 중요할 것이다. 하지만 그보다도 이 시에서 중요한
것은 화자인 '나'가 나의 존재에 대해서 말을 터트리기 시작했
다는 것이다. "초록초록 나를 외우는 네 소리"를 '나'가 잘라 먹
는다. 화자는 "내가 왜 사랑을? 돌멩이로, 하이힐로 콱, 찍어버
리고 싶었지, 꼬리가 보이지 않아, 달아나, 달아나 버려, 달아나
게 해줘, 오래전 나였던 뱀아, 나의 슬픈 뒤꿈치"라고 후회하지
만 그럼에도 불구하고 화자는 "사라진 꼬리뼈에는 푸른 독이,
그리움이"라고 자신의 존재에 대해 숨기지도 거절하지도 않는
다. 자신의 속에서 꿈틀거리는 내적 움직임을 그대로 인정하는

것이다. 이러한 과감한 고백은 그의 시에서 많이 보인다.

한여름 바람난 아가씨 굽 높은 구두가 또각또각 지나간다/ 가슴에 깊이 숨겨둔 사내의 집 담장 앞을 수없이 발돋움하다 하, 그만 다리들이 서로 얽혀버렸는걸/ 꽃순아, 저도 모르게 까짓 신발 벗어 던지고 담장 위에서 맨발바닥 춤을 추는 저, 벌거 벗은 다리들 좀 보아라(「저, 야생」에서)

거친 악보처럼 비 내리는 밤에 낮게 엎드려 울다 지친 너의 뿌리를 베고 한뎃잠을 자는 동안 내 몸에는 꽃그늘이 어른거리고 숨어 있던 가시들이 일제히 튀어나와 손톱 끝에 돋아나는 것을 나는 어쩔 수가 없다(「달리는 불길 속에서」에서)

길은 왼쪽으로 휘어져 있소/ 비가 와서 벙커에 물이 찼다오 워터 해저드/ 위험, 돌아서 가시오 새싹에 빨갛게 솜털이 일고 개가시나무와 가시딸기 군락지가 부드러운 봄바람에도 몸서리를, 내 그리움의 뼈다귀에는 푸른 독소가(「푸른 독소」에서)

짐승의 아가리 속에 들어가 그 붉은 혓바닥 위에 올라 푸른 바다 울음을 끌고 들어가 물컹한 목젖을 젖혀놓고 훌쩍 속살 깊숙이 감추고 싶었으나 그럴 때마다 나를 집어삼키는 어둠에 놀라 긴긴밤이 서러워 붉게 물든 낱말을 앞에 놓고 무릎까지 꺾고

말아 나는 발이 묶여 똑같이 불구인 당신을 떠나지 못해 마냥
꽃 앞에서(「종이 냄새 - 초록뱀을 삼켜라 4)

　필자가 개인적으로 고우란 시인의 두 번째 시집의 표제로 삼
았으면 했던 작품 「물의 옷」에서 무엇보다도 도드라지게 보이
는 것은 강렬한 초록의 색채감이다. 앞에서 언급했듯이 폴 고갱
과 앙리 마티스의 그림들에서 보이는 초록의 생명력으로 가득
차 있다. 그러면서도 어느 한쪽으로 치우치는 맹목적 생명력과
는 거리를 두고 있음을 발견한다. 아래로 흐르며 낮은 곳을 채
우면서도 물의 본질과 자신의 본질을 잊지 않는다.

　1
　여백의 똘똘 말린 쪼그만 종이 뭉치에 물을 먹이면 내 안의
깊은 바다에서 사에나나무 한 그루 자라나고 미리내를 떠돌던
별의 기억이 그 새끼줄을 타고 내려와 콩알처럼 몸을 웅크린 채
아홉 번을 구르고 굴러 깜깜한 세상의 바깥 환한 눈물로 나를
던졌으니
　아으아 나는 물 밑에서 올라와 몸으로 기어 다니는 뱀이었고
나는 어메를 찾아 소 울음 우는 네발 달린 아기 짐승 나는 비로
소 일어나 두 발로 걷던 맨 처음 사람 원시의 모습 그대로 나무
로 집을 짓고 흙으로 그릇을 빚어 아침을 짓던 여인 정오의 말
을 탄 기사가 되어 목검을 휘두르며 자랐으니 보게나

수시로
나의 모습이
물과 함께 오고 가니

2
　장수물국수집에는 물만 주면 자라나는 바오밥나무 씨앗같이
생긴 매직 타월이 있다네 수리수리 마술이 그 바오밥나무 꽃 한
송이 다 피워내면 열 개의 하늘을 짚는 열 개의 손가락을 닦는
다는군
　내 어메 수륙드림도 그 꽃처럼 고왔으련만
　－「물의 옷」전문

　사에나나무는 페르시아 신화에서, 원시의 바다에서 맨 처음
자라난 식물이라고 한다. 아직도 그 원형이 여성의 몸 태반으로
남아 있다고 본단다. 앞으로 고우란 시인은 다양한 모습으로 우
리 앞에 나타날 것이다. 그 모습은 "환한 눈물", "몸으로 기어 다
니는 뱀", "네발 달린 아기 짐승", "원시의 모습", "정오의 말을 탄
기사"와는 또 다를 것이다. 우리 곁으로 그는 물과 같은 모습으
로 수시로 오고 갈 것이다.

　한 편의 시를 더 인용하며 이 글을 맺는다. 앞으로도 무언가

를 잊고 잃으면서도 고우란 시인은 자신의 모습을 만들어갈 것이라는 믿음을 전달해 주는 시이기 때문이다.

무심코 지나온 골목길. 전선에 낡은 여자아이 모자 하나 매달려 바람에 떨고 있었다. 어느덧, 나도 그렇게 떨고 있을 거라는 생각이 들었다. 큰길로 나서는 동안 내 신발은 이미 작아졌고, 내 몸도 이제 지쳐 고산으로 가야 하는데,

너무 먼 곳이라, 나는 한껏 등을 구부리고 자벌레처럼 내 몸의 길을 내고자 했다.

누군가 내게 다가와 신발값이 너무 비싸다고 했다, 몸을 신는 경우는 없는 것이라고.

맨발로 걷는 기억은 늘 새로워요. 낯이 익어도, 라고 말해놓고도 모자라 몸을 길게 뻗어 납작 엎드린 채로 고산으로 향하는 마음만 태우고 있었다.

왜 고산으로 가야 하는지는 몰라도 고산으로 가지 않으면 견딜 수 없을 것 같았다. 고산 쪽으로 가는 버스는 있었지만, 고산으로 가는 버스는 없었다. 택시는 오지 않고, 나는 눈 내리는 길에 홀로 있었다. 발 동동 구르다 저 혼자 굴러다니다가 낡아버

린 여자아이의 모자처럼 길을 잃고, 허공중에 매달려, 내 마음
에서 흘러나왔을 헛바람 소리에 치를 떨다가,

　기어이 나, 맨발로 돌아갈 거라 다짐을 했지만, 지나는 사람
에게, 눈이 오지 않는 고산까지 나를 데려다주실 수 없는 거냐
고, 겨울비에 젖어 뿌리까지 얼어버린 나무처럼 자꾸 묻고 있었
는데,

　高山은 아직 내게 너무 먼 곳이었다. 지상이 다 얼어도 춥지
않을 고산은,
　－「高山으로 가는 길을 묻다」전문